QUELQUES LETTRES

EXTRAITES DE LA

CORRESPONDANCE GÉNÉRALE

DE MADAME LA PRINCESSE

CONSTANCE DE SALM,

DE 1805 A 1810.

PARIS,

TYPOGRAPHIE DE FIRMIN DIDOT FRÈRES,

IMPRIMEURS DE L'INSTITUT,

RUE JACOB, 56.

1841.

QUELQUES LETTRES

EXTRAITES DE LA

CORRESPONDANCE GÉNÉRALE

DE MADAME LA PRINCESSE

CONSTANCE DE SALM,

LETTRE I.

A MADAME LA PRINCESSE DE SALM.

Paris, le 1er juillet 1805.

Chère garante de mon immortalité.

Vous aurez eu de mes nouvelles par les journaux à l'occasion de mon voyage à Boulogne, et de mon enthousiasme pour les Templiers; mais la prise de la Jamaïque excite un bien autre enthousiasme actuellement.

Je vais à Bourg, département de l'Ain; je n'ose espérer d'y recevoir de vos nouvelles; mais j'y serai occupé pendant trois mois de l'impatience de vous revoir. A mon retour à Paris, mon premier soin sera de vous donner les notes que vous me demandez sur ma vie savante; mais comme je ne dois mourir que dans quatre ans, vous aurez le temps de vous préparer, et moi de jouir d'une gloire dont je ne serai pas le témoin.

Je suis avec le plus profond respect et la plus tendre reconnaissance, Madame,

Votre très-humble et très-obéissant serviteur,

DE LALANDE.

LETTRE II.

A MADAME LA PRINCESSE DE SALM.

Le 25 juillet 1805.

Madame,

Mme Joliveau, qui veut bien quelquefois me donner de ses nouvelles, m'a fait le plaisir de me donner des vôtres (1). J'ai appris votre heureuse arrivée à Dyck. Vos vassaux l'ont célébrée par des fêtes; ils n'ont vu en vous que la femme belle et bonne; leur hommage naïf a dû vous flatter.

Le genre de vie plus libre et plus solitaire que vous menez sans doute dans vos terres, doit donner, madame, une nouvelle activité à votre génie. Peut-être lui devra-t-on cet hiver cet ouvrage dont vous avez daigné me citer quelques fragments, et dont je n'ai cessé depuis de désirer l'achèvement et la publication. La perfection de sa poésie, la vérité de ses tableaux, le rendent aussi précieux à la littérature qu'à la morale.

Loin de mon mari et dépendante de presque

(1) Mme Joliveau, femme auteur, est connue par beaucoup de poésies et un recueil de fables fort remarquables.

tout ce qui m'entoure, que n'ai-je, madame, pour tromper la tristesse de mes jours, ce qui ne fait qu'ajouter un charme aux vôtres? Malgré la faiblesse de mon talent, j'ai néanmoins essayé de distraire mon imagination par différentes productions en vers et en prose. Persuadée, d'après votre avis et mes propres réflexions, que l'intrigue des *amants sans amour* était du genre de l'opéra, j'en parlai, avant de quitter Paris, à M. Paccini, compositeur (qui venait de se faire connaître par la musique de *Point d'adversaire*); ma pièce lui parut agréable; il me marqua le désir de s'en occuper; mais les vers, n'étant point coupés pour la musique, exigeaient de moi un nouveau travail, et cette raison m'a fait abandonner cet ouvrage jusqu'à mon retour à Paris. J'ai été séduite par un autre sujet dont j'ai fait un drame en un acte et en vers libres : *le Bal masqué*; son but moral est de combattre les travers des maris qui délaissent des femmes charmantes pour former des engagements où leur cœur n'a point de part. J'ai aussi voulu y mettre en opposition la femme coquette et la femme sensible. Vous trouverez peut-être que le cadre est bien étroit pour un tel sujet. Je le crains moi-même, et ne doute presque pas que cela ne me fasse échouer. On fait beaucoup de comédies en un acte, mais le drame exige plus d'étendue; il faut plus de temps pour intéresser le cœur que pour amuser l'esprit. J'ai bien regretté, madame, de n'être pas à même de vous demander à cet égard vos excellents conseils; ma pièce en vaudrait beaucoup mieux. Mon second ouvrage est une comédie en un acte et en vers réguliers : *l'Indiscret* ; il me semble qu'il existe déjà une pièce de théâtre sous ce titre. Je ne l'ai pas lue, mais le même travers peut donner lieu à mille incidents différents, et j'ai essayé de peindre celui-ci à ma manière. Cette pièce a été faite avec trop de promptitude (dans l'espace de onze jours) pour que j'ose me flatter qu'elle soit bonne; cependant je n'en suis pas tout à fait mécontente. Il y règne de la gaîté, et j'ai tâché que chaque personnage y gardât son langage et son caractère. Je hasarderai de la présenter cet hiver au théâtre de Louvois. Si, contre mon attente, j'obtenais des succès, il me serait doux de reconnaître que je vous les dois, et de mettre à vos pieds mes couronnes.

Si j'ai différé à profiter de l'invitation que vous avez bien voulu me faire de vous donner de mes nouvelles, quoique je me le sois proposé bien souvent, la cause en est dans le peu de moments dont je puis disposer, et dans mes petits travaux littéraires dont je désirais vous rendre compte et dont je n'ai parlé qu'à vous.

Veuillez recevoir, madame, l'expression des sentiments respectueux avec lesquels j'ai l'honneur d'être,

Votre très-humble et affectionnée servante,

L. B. DESROCHES (1).

(1) Cette dame est morte en 1811, à l'âge de trente-cinq ans. Elle a fait un grand nombre de poésies et quelques ouvrages en prose qui ont été réunis en un volume, et publiés en 1820.

LETTRE III.

A MADAME LA PRINCESSE DE SALM.

Bourg, ce 8 septembre 1805.

J'ai reçu, aimable Muse, avec un extrême plaisir, la lettre dont vous m'avez honoré. Je ne comptais sur vos bontés qu'après ma mort; mais je jouis davantage de celles que vous m'accordez pendant ma vie.

Je suis enchanté de ce que vous vous plaisiez à la campagne. Nous y gagnerons tous, et l'ouvrage considérable que vous m'annoncez sera le fruit de votre voyage; je me console donc d'être éloigné de vous pendant quelque temps.

Les quatre ans que je vous ai donnés pour vous préparer, sont fondés sur les tables de mortalité qui font voir que de sept ans en sept ans nous éprouvons des crises. Celle que j'ai éprouvée à soixante-dix ans a été assez violente pour me faire croire que celle de soixante-dix-sept sera la dernière.

Les journaux d'aujourd'hui me paraissent à la paix. Les réponses de la cour de Vienne sont pacifiques. J'ai reçu ma pension de l'Académie de Pétersbourg, et on ne me l'envoyait point pendant la guerre. Je suis revenu de Boulogne avec la persuasion qu'on ne pouvait pas faire de descente; mais voilà quatre-vingts vaisseaux qui sont sur le point de se rassembler dans la Manche, et alors nos deux mille coquilles de noix doivent donner de l'embarras à M. Pitt.

Ainsi, madame, j'espère vous voir à Paris sur la fin de l'automne, sans inquiétude pour la France, et environnée des talents que vous embellissez par l'accueil que vous leur faites.

Je suis avec autant de respect que de reconnaissance,

Madame,

Votre très-humble et très-reconnaissant serviteur,

DE LALANDE.

VERS

ADRESSÉS EN FAVEUR DE LA FAMILLE SÉDAINE,

A L'EMPEREUR NAPOLÉON,

QUI, APRÈS UNE REPRÉSENTATION DE RICHARD COEUR DE LION, AVAIT DONNÉ UNE PENSION A LA FAMILLE DE GRÉTRY (1).

Paris, 1806.

Monarque, conquérant, qu'admire l'univers,
Sage en qui la justice à la grandeur s'allie,
Qui portes à la fois dans ton vaste génie
Des hommes, des états, les intérêts divers,
Regarde avec bonté la famille nombreuse
D'un auteur qui n'est plus, mais qui te charme encor.
Grétry n'a pas, lui seul, dans son heureux essor,
Célébré de Blondel l'amitié courageuse.
Richard, qui t'attendrit, de Sédaine est l'enfant.
Que ses autres enfants touchent aussi ton âme!

(1) Ces vers étaient joints à la pétition que la famille Sedaine adressait à l'Empereur.

La mort, qui détruit tout, a pu couper sa trame,
Mais elle ne peut rien sur un cœur bienfaisant.
Ah! daigne en ta grandeur accueillir leur prière!
Secondé par le ciel et gloire de la terre,
Jusques aux sombres bords va porter tes bienfaits;
Et quand, dans le séjour de l'éternelle paix,
Ces guerriers dont les fils en toi trouvent un père,
Dans leurs concerts sacrés chanteront tes hauts faits,
Quand ils se rediront qu'en tes plus beaux succès
Il n'est rien que de toi la justice n'obtienne,
Quand ils s'entretiendront des heureux que tu fais,
Que Sédaine à leur voix puisse mêler la sienne!

CONSTANCE DE SALM,
Auteur de l'éloge de Sédaine.

LETTRE IV.

A MONSIEUR LE PRINCE DE SALM.

Paris, ce 20 mai 1806.

M. d'Houdetot a eu l'honneur de remettre à Sa Majesté la pétition de la famille Sédaine, ainsi que les vers de Mme de Salm.

L'Empereur est entré dans son cabinet sans que M. d'Houdetot ait pu lui parler après avoir remis son travail. Mais, comme dans l'analyse des pétitions il avait soin d'exciter l'attention sur les vers de Mme de Salm, il n'y a aucun doute que Sa Majesté les ait lus, et par conséquent les ait appréciés.

M. d'Houdetot ne peut penser autrement, d'après le plaisir qu'il a eu lui-même en les lisant. Il prie M. de Salm d'agréer, etc., etc.

LETTRE V.

A MADEMOISELLE SÉDAINE.

Ce 10 mai 1806.

Mon mari a remis hier à M. d'Houdetot, mademoiselle, votre demande, et les vers que j'y ai ajoutés. Il en reçoit à l'instant une lettre dont je me hâte de vous envoyer la copie. Elle vous sera agréable, je n'en doute pas; car, si je ne me trompe, elle doit faire présager *le succès*.

Je n'ai pas besoin de vous dire à quel point je serais charmée d'avoir pu contribuer à vous faire rendre une justice qui vous est due à tant de titres.

Je vous assure encore, mademoiselle, de mon amitié la plus sincère.

CONSTANCE DE SALM.

LETTRE VI.

A MADAME LA PRINCESSE DE SALM.

Paris, le 27 juillet 1806.

Je m'empresse, madame, de vous faire part de l'heureuse réussite donnée à vos aimables soins et à la persuasion si touchante de votre Muse éloquente. L'Empereur vient d'accorder à ma mère une pension de 1,000 francs.

Soyez convaincue à jamais, madame, que rien

n'effacera de mon cœur les sentiments de reconnaissance et d'affection que je vous dois pour la vie, et veuillez être mon interprète près de monsieur de Salm, et lui offrir, en mon nom et en celui de ma famille, tous les remercîments que nous lui devons pour l'intérêt qu'il a bien voulu prendre à nous dans cette circonstance.

Recevez, madame, etc., etc.

J. P. SÉDAINE.

LETTRE VII.

A MADAME LA PRINCESSE DE SALM (1).

Paris, le 30 janvier 1807.

Charmante Muse,

Mes enfants me font observer que vous serez bien embarrassée après ma mort ; j'ai eu l'orgueil d'imprimer que je croyais avoir acquis toutes les vertus de l'humanité : comment pourrez-vous expliquer, excuser, pallier une pareille sottise ? Mais vous avez tant d'esprit, tant d'éloquence !

Mille respects.

DE LALANDE.

(1) L'original de ce billet est dans l'album de la princesse.

LETTRE VIII.

A M. DE LALANDE.

31 janvier 1807.

Je ne serai jamais embarrassée, monsieur, quand il faudra dire du bien de vous : ce n'est pas peu de chose, en effet, que d'avoir acquis toutes les vertus de l'humanité; mais j'aurai tant à dire de celles que vous avez, qu'on ne pensera pas à celles que vous pouvez ne pas avoir.

Salut et haute estime.

CONSTANCE DE SALM.

LETTRE IX.

A MADAME LA PRINCESSE DE SALM.

Paris, ce 15 février 1807.

J'ai l'honneur de me rappeler au souvenir de monsieur et de madame de Salm-Dyck, et de les prier d'agréer l'hommage de quelques réflexions *sur la manifestation des caractères de la beauté*, ouvrage que je me propose de publier incessamment.

Le sujet est vaste, et je n'ai fait que l'effleurer. Je désire vivement que ma faible ébauche puisse plaire, telle qu'elle est, à monsieur et à madame de Salm-Dyck.

Madame de Salm veut-elle bien me permettre de

l'interroger ici un moment? Ce bon Gaviniés, qui nous a laissé de si profonds souvenirs, que nous regrettons depuis longtemps, comme si nous l'avions perdu hier; cet excellent Gaviniés, qui a inspiré à madame de Salm une si intéressante notice, avait, peu d'années avant sa mort, consenti à prêter à un dessinateur sa figure sur laquelle venait se peindre si bien l'expression de son âme. Je me souviens d'avoir vu ce portrait parfaitement dessiné dans son modeste réduit; mais le nom du dessinateur n'est pas également resté dans ma mémoire.

Dans ces rêves du cœur, qui si souvent embellissent les regrets mêmes, et font des plus doux souvenirs les charmes d'une vie fugitive, je peuplai les murs d'une solitude de choix des traits des êtres qui me furent chers. L'imagination, sœur et compagne inséparable du sentiment, ramenait ainsi autour de moi tout ce que j'avais aimé, et, à ce titre; les traits du bon Gaviniés ne pouvaient être négligés; mais je n'ai pu jusqu'à présent retrouver le dessin dont mon ami avait été le modèle.

Si madame de Salm connaît la destinée du portrait de l'indépendant et digne Gaviniés, si seulement elle a quelques indices à cet égard, je la prie et supplie de me mettre sur la voie pour la recherche dont je m'occupe.

Je prie aussi madame de Salm d'agréer mes vifs remercîments pour l'exemplaire de sa notice que j'avais pris la liberté de lui demander, et qu'elle a bien voulu me donner. Je l'ai lue avec ce plaisir, cette satisfaction qu'inspire ce qui est bien fait, et avec cette émotion qui embellit encore ce qui est bien.

Je mets aux pieds de madame de Salm l'expression de mon respectueux dévouement.

Baron DANDRÉ (1).

LETTRE X.

A MADAME LA PRINCESSE DE SALM.

Paris, le 10 avril 1807.

Madame,

L'Athénée a appris que vous possédiez divers matériaux destinés à l'éloge de M. de Lalande. Il désire vivement que vous veuillez bien, en cette circonstance, vous charger d'exprimer les regrets que lui cause la perte du savant astronome qu'il comptait parmi ses membres, et il espère que vous ne refuserez pas d'être son organe dans la première séance publique.

J'ai l'honneur de vous assurer, etc.

DUMONT, secrétaire.

(1) Le baron Dandré est auteur de l'*Appel à l'opinion publique sur les chambres législatives*, et d'un grand nombre de brochures sur la politique, les lettres et les arts.

LETTRE XI.

A M. LE PRÉSIDENT DE L'ATHÉNÉE DES BEAUX-ARTS.

Paris, le 13 avril 1807.

Monsieur le président.

Je suis fort sensible à la confiance que l'Athénée me témoigne, en me demandant de faire l'éloge de M. de Lalande. Cet homme célèbre m'a, en effet, remis quelques notes qui me seront utiles pour enrichir le récit de sa vie : je m'occuperai de ce travail le plus tôt qu'il me sera possible, et je ne négligerai aucun moyen de le rendre digne de celui qui en est l'objet.

Recevez les assurances, etc., etc.

Constance de Salm.

LETTRE XII.

A M. GIRODET.

Paris, le 20 avril 1807.

J'ai lu le bon ouvrage que vous m'avez envoyé, monsieur et ancien ami, et j'y ai reconnu sans peine l'esprit juste et observateur, la concision des expressions, et la fermeté des pensées de quelqu'un que je connais bien, et que vous connaissez mieux encore. Faites-lui-en mon sincère compliment, je vous prie, et transmettez-lui ces quatre mauvais vers, qu'une dame (également de votre connaissance et de la mienne) a faits après avoir lu son ouvrage :

Peintre et poëte, il donne à ses riches tableaux
Les charmes de la poésie;
Et dans ses vers, de ses mâles pinceaux
On reconnait partout l'éclat et l'énergie.

Les *mots* me semblent un peu *pressés* dans ces vers; mais quand on veut dire tant de choses en quatre vers, on est bien embarrassé. Pour vous punir du mystère que vous m'avez fait, je vous en ferai un à mon tour, et je ne vous nommerai pas mon auteur. Devinez, si vous le pouvez.

Autre chose.

Nous partons jeudi matin pour les bords du Rhin; rien que cela. Je donne la soirée de mercredi à mes amis, et vous seriez bien aimable de venir me dire adieu.

Mille assurances d'amitié et d'estime.

CONSTANCE DE SALM.

LETTRE XIII.

A MADAME LA PRINCESSE DE SALM.

Paris, le 12 juin 1807.

Madame,

Depuis votre départ j'ai été accablé d'embarras de toute espèce, ce qui m'a empêché jusqu'à présent de vous écrire.

J'ai été charmé d'apprendre que vous êtes à présent bien établie, et dans votre cabinet de travail et dans votre galerie; ce n'est pas peu de chose de s'arranger. Que j'envie votre sort! Le calme des champs, un château romantique, de bons Allemands autour de vous, une personne qui vous est plus chère que tout cela, et dont vous êtes de plus en plus aimée! Jouissez de tous ces biens-là..... Si vous aviez la santé, que voudriez-vous de plus?

Vous ne me dites pas si vous avez sur le métier quelque nouvel ouvrage; mais votre amitié n'a jamais été jusqu'à me faire de pareilles confidences. Je n'ai jamais guère appris qu'avec le public les titres même de ce que vous avez fait paraître.

Vous voilà donc en Allemagne! Je n'ai guère observé les Allemands qu'en passant; mais je n'oublierai jamais le sang-froid avec lequel les postillons attelaient leurs chevaux, ni l'air tranquille avec lequel ils écoutaient les rapides expressions de notre impatience. Je suis sûr que dans leur âme ils nous regardaient comme des enfants colères qu'il fallait laisser crier et tempêter. J'avais fini par en rire et trouver qu'ils avaient à peu près raison. Vous verrez que comme nous dans notre voyage, vous, dans votre maison, vous serez forcée de leur céder. Ils continueront d'aller leur train. C'est de la colère et du temps perdu que de vouloir changer *l'allure* de certaines gens; mais il n'est personne dont on ne puisse tirer parti, et je m'en repose à cet égard sur vous.

Vous me parlez des fêtes; je crois que personne, pas même l'Empereur, ne sait s'il y en aura; cela tient à des événements qui sont bien préparés, mais dont il faut toujours attendre l'issue.

Au reste, quoi qu'il arrive, elles ne peuvent toujours avoir lieu avant les derniers jours de septembre. Si elles doivent vous rappeler à Paris, ces fêtes, je désire bien qu'elles soient fixées à une époque plus prochaine; comme je serai des premiers à connaître cette époque, je m'empresserai de vous en faire part, pour que vous puissiez en conséquence prendre des arrangements pour votre retour.

J'ai cru un moment que tous les changements qui vont s'opérer en Allemagne auraient quelque influence sur le sort de M. de Salm. Devrais-je le craindre ou le désirer? C'est ce que je ne pouvais savoir; mais puisque vous ne me mandez rien là-dessus, je suppose qu'il est entièrement désintéressé dans toutes ces grandes affaires.

Dans une autre lettre, je vous donnerai des nouvelles *littéraires* de Paris. Permettez-moi, cette fois, de finir celle-ci plus tôt que je ne le voudrais; mais il faut monter en voiture pour aller passer quelques jours à la campagne chez mon frère, dont la femme, un enfant, une domestique, sont malades, et qui a dans sa tristesse grand besoin de ma société et de mes consolations.

Veuillez recevoir, madame, mes respectueux hommages, et les assurances, etc.

AMAURY DUVAL.

LETTRE XIV.

A M. LANTIER.

Dyck, ce 12 août 1807.

Je ne vous ai pas répondu encore, quoique votre lettre soit arrivée ici depuis dix à douze jours, monsieur et ami, parce que j'ai fait un petit voyage dans le pays de Clèves, et qu'en revenant il m'a pris une petite fièvre toute maussade, qui m'a retenue au lit plusieurs jours. Je l'avais gagnée à force de courir, soit à pied, soit en voiture, pendant les grandes chaleurs que nous venons d'avoir. Outre cela, le pays que j'ai parcouru est humide et fiévreux.

Il y a une petite rivière qui déborde dans l'hiver, et laisse de l'eau dans une infinité de prairies qui parent ce bel endroit. Clèves est vraiment une très-jolie ville: les bâtiments sont propres et réguliers; il y a des arbres taillés et alignés dans beaucoup de rues. Tout y est soigné à la manière hollandaise: du moins c'est ce qu'on m'a dit; car, n'ayant jamais vu la Hollande que dans l'optique, je n'en pourrais guères juger par moi-même. Il m'a pourtant paru, dès le premier abord, que cela devait être ainsi; car, à force d'entendre parler des choses, on se les figure comme si on les avait vues. Nous avons d'ailleurs été reçus par une famille hollandaise, toute bonne, toute simple et intéressante. Il y en a une trentaine d'établies dans ce pays, et qui s'y sont comme naturalisées depuis la révolution. Ces braves gens parlent de la Hollande comme nous de la France, cela va sans dire. J'ai vu là beaucoup de choses qu'ils font voir de leur cher pays. Mais ce qui est une autre chose et amusante pour nous, c'est le ton dont les Allemands parlent des Hollandais, qu'ils regardent en quelque sorte comme leurs inférieurs; ils en raillent sans cesse à leur manière. Leur langue surtout est l'objet de leurs plaisanteries, et les autres ont presque l'air d'être du même avis. Il faudrait vivre longtemps avec eux tous pour savoir qui a tort ou raison; à force de voir, on se guérit des jugements précipités. Mais, quant à présent, je vous assure que les Allemands, à tort ou à droit, leur rendent en cela ce qu'ils reçoivent d'ailleurs; car les railleries se font de peuple à peuple, comme d'homme à homme. Nous avons vu à Clèves un assez beau jardin botanique, un parc superbe, dans lequel on a tiré parti des montagnes qui bordent tout un côté de la ville, pour ménager des promenades et des points de vue admirables; on nous a fait voir aussi la Hollande dans le lointain. On nous a raconté, surtout avec empressement, l'histoire de *la femme blanche*, que l'on aperçoit sur une vieille tour qu'on nous a montrée, lorsqu'il doit mourir quelque souverain en Europe, ou même quelque prince des maisons royales. Elle a paru récemment, nous a-t-on assuré, pour l'impératrice d'Autriche, et aussi pour un petit prince je ne sais lequel. Vous voyez bien que cette histoire ne peut être douteuse.

Au milieu de ces petits événements qui, de toute façon, me transportaient loin de mon pays et de mes habitudes, j'y ai été subitement ramenée par un mot qui m'a causé une jouissance fort vive, je puis vous l'assurer. On disait je ne sais quoi sur *les hommes et les femmes*, et un monsieur très-aimable, qui nous faisait les honneurs de la ville, ajouta tout à coup en me regardant : « Il faudrait, pour dis-« cuter cela, avoir lu l'*Épître aux femmes.* » Comprenez-vous assez combien le nom d'un ouvrage résonne agréablement à l'oreille d'un auteur, quand il est à cent cinquante lieues de chez lui ?

On m'interrompt, je finis en hâte. Adieu, mon ancien ami.

CONSTANCE DE SALM.

LETTRE XV.

A M. THÉRÉMIN.

Dyck, le 18 août 1807.

Nous avons bien regretté, monsieur, de ne pas vous avoir vu avant, pendant ni après notre fête du 15. Elle a été fort brillante; on l'a célébrée au bruit de nos vieux canons, et avec toutes les autorités du pays que nous avions réunies. Mais je conçois la force de vos raisons : l'homme public doit passer avant l'homme particulier, et le devoir avant tout.

J'espère pourtant toujours avoir le plaisir de vous

voir pendant le court séjour que je ferai encore dans ce pays. Nous partirons le 6 ou le 7 de septembre, et il n'y aurait pas un moment à perdre. Je vous presse donc, ainsi que madame, de nous donner au moins quelques jours, si cela vous est possible. Quand vous serez avec nous, vous vous croirez encore en France, et moi je me croirai déjà à Paris. Hâtez-vous donc; quoique je sois sûre de vous retrouver ici à mon retour, je ne voudrais pas remettre à l'année prochaine quelques bons moments que nous pouvons encore passer ensemble cette année..

L'avenir plait à la pensée;
Mais quoiqu'il ait quelques appas,
Toute personne un peu sensée
Du présent fera plus de cas.
Par l'incertitude et le doute,
Le plaisir semble se gâter :
On en est sûr quand on le goûte,
Jamais quand on doit le goûter.
Venez donc dans notre ermitage,
Vous, votre épouse, vos enfants,
Et votre aimable voisinage,
Au sein de notre heureux ménage,
Passer de tranquilles moments.
Que si quelque maligne chance
S'oppose encore à ce désir,
Dans ce mois, qui déjà s'avance,
Si je ne vous vois point venir,
Je conserverai l'espérance;
Mais j'aime mieux le souvenir.

Ces méchants vers me sont venus tout d'un coup.

Je n'ai pu résister à la tentation. Quand on parle à un littérateur, la tête se monte à la *littérature*.

J'ai en effet le plaisir de connaître M. Beugnot; je l'ai rencontré assez souvent dans le monde.

A revoir, monsieur, portez-vous bien. Ne nous oubliez pas, distribuez tout autour de vous nos bons souvenirs et les assurances de notre sincère amitié; et prenez-en une bonne part pour vous.

CONSTANCE DE SALM.

LETTRE XVI.

A M. GAUTHIER (A BOURG).

Paris, ce 4 janvier 1808.

M. Ponce, commissaire de correspondance de l'Athénée des arts, qui a fait au nom de cette société quelques recherches relatives à M. de Lalande, m'a dit, monsieur, que vous pourriez me donner des détails intéressants sur la vie de cet homme célèbre dont je me suis chargée de faire l'éloge. Il m'a même remis une lettre de M. Reboul par laquelle je vois que vous êtes déjà prévenu de cette demande, et c'est ce qui m'a décidée à vous écrire à ce sujet, quoique je n'aie pas l'avantage de vous connaître.

M. Delambre, dans l'éloge qu'il a lu de M. Lalande à l'Institut, ayant dit tout ce qu'il est possible de dire sur le mérite scientifique de cet illustre astronome, je désire, dans le discours que je vais faire (et qui sera lu à l'Athénée des arts), m'étendre particulièrement sur sa vie privée, et je puis dire *philosophique*. Ce sera donc me rendre un véritable service de me faire savoir tout ce qu'il a fait ou dit de remarquable dans son pays que vous habitez, monsieur; il l'aimait comme on aime son pays natal; il en parlait souvent, il y allait, je crois, tous les ans, et il doit y avoir laissé des souvenirs bien intéressants à rappeler. Si vous pouviez aussi m'apprendre quelques anecdotes relatives à son enfance, vous m'obligeriez infiniment; rien ne me sera indifférent dans ces petits détails qui servent à bien établir un caractère. Cette peine ne sera pas d'ailleurs entièrement perdue pour vous, monsieur. Comme ce discours sera imprimé, si vous le désirez je rappellerai votre nom et le service que je vous prie de me rendre dans une note ou dans la préface. Je dois vous dire aussi qu'un des motifs qui me déterminent à faire cet éloge de M. de Lalande, est la demande qu'il m'en a faite lui-même, à différentes reprises, longtemps avant sa mort. Il m'a même donné quelques notes dans cette intention; mais elles ont rapport principalement à ses ouvrages et à ses découvertes, et, je le répète, je dois avoir d'autres renseignements pour ne pas redire ce qu'a dit M. Delambre.

Recevez, monsieur, mes excuses et mes remercîments pour les peines que je vais vous donner, et les assurances de ma sincère estime et de ma considération distinguée. CONSTANCE DE SALM.

LETTRE XVII.

A MADAME LA PRINCESSE DE SALM.

Paris, ce 23 janvier 1808.

Je présente mes civilités respectueuses à madame de Salm, et je la prie de vouloir bien agréer, pour sa bibliothèque, un exemplaire de mon édition de Roussel sur le *système physique et moral de la femme*.

Je ne puis résister au désir de témoigner à madame de Salm combien j'ai été ravi de ses stances sur *la perte des illusions de la jeunesse*. Je n'ai jamais vu tant de philosophie dans de si bons vers. Je ne suis pas le seul qui juge comme cela, tout le monde m'en parle.

Je lui réitère la vive assurance de tous mes sentiments distingués et pleins de dévouement.

ALIBERT.

LETTRE XVIII.

A M. GUDIN.

Dyck, le 8 juin 1808.

Il y a déjà longtemps, monsieur, que j'ai reçu votre lettre; elle m'a fait beaucoup de plaisir, et par ce qu'elle dit, et par ce qu'elle prouve : car elle dit de fort agréables choses, et elle prouve que vous ne m'oubliez pas. Je dois vous apprendre même que, quoique vous soyez le plus nouveau de mes anciens amis, c'est vous qui m'avez écrit le premier. Ces bons et anciens amis sont trop sûrs de moi, je les gâte à force de constance. Un peu de coquetterie les réveillerait, car l'amitié a aussi sa *coquetterie*. Mais la nature m'ayant fait simple et franche, je me vois forcée dans cette occasion de suivre mon caractère, et d'être bonne contre mon intérêt. Mentelle m'a pourtant écrit ces jours-ci; mais Langlès, le perfide Langlès paraît n'y pas songer. Faites-lui-en une honte, je vous prie, si vous le rencontrez. Tout ceci me rappelle un de mes véritables amis, Breguet, à qui je demandais un jour pourquoi je le voyais à peine une fois par an, et qui me répondit : C'est parce que je suis sûr de votre amitié. Quel excès de tendresse! Il ressemble beaucoup à un défaut.

Je vous remercie de l'histoire de mademoiselle Georges, je l'ignorais absolument lorsque vous m'avez écrit. Vous avez eu, comme on dit, l'*initiative*, ce qui est bon en tout. Les jolis vers que vous me citez à ce sujet ont ajouté à mon plaisir, surtout les seconds. Car j'ai déjà lu et applaudi les premiers dans votre poëme, et il me semble que je ne connaissais pas les autres. Quoi qu'il en soit, je ne suis pas tout à fait de votre avis sur la préférence que vous accordez à l'ancienne chevalerie sur la nouvelle.

Vos chevaliers du temps passé
Étaient sans doute fort aimables;
Mais croyez-moi, quoi qu'on en ait pensé,
Ils n'étaient pas aux nôtres préférables.
Les hommes ont toujours été
Un peu sujets à l'inconstance,
Et défenseurs de la beauté
Plus par orgueil que par vaillance.
Formés des mêmes éléments,
En eux les âges ni les temps
N'apportent point de différence.
Ils ne sont que ce qu'ils étaient,
Ils ne font que ce qu'ils faisaient.
Nul siècle n'est vraiment digne de préférence.
Aux dépens du présent, dont pourtant on jouit,
Exalter le passé, que l'on ne connaît guères,
Avouons-le, de notre esprit
Ce sont les erreurs ordinaires.
Grands et petits, sages et fous,
Tous se repaissent de chimères;
Et nos neveux diront de nous
Ce que nous disons de nos pères.

Vous avez deviné juste, monsieur, quand vous pensez que je m'occupe de notre ami. Soit dit sans reproches, il me donne bien du mal. Je fais des narrations, de l'éloquence, des éloges, tant bien que mal, sans doute, mais au moins avec facilité; mais il n'en est pas de même de l'astronomie dans laquelle je suis très-ignorante. Quoique je ne fasse qu'*effleurer* ce sujet, encore en faut-il parler un peu en parlant d'un *astronome*, et comme une de mes *manies* est de ne rien écrire ni lire que je ne le comprenne, je me vois embarquée aujourd'hui beaucoup plus loin que je ne l'avais imaginé d'abord. A quelque chose malheur est bon. Je m'instruis chemin faisant. Mais une écolière de mon âge n'y va guère de bon cœur. Ne croyez pas pourtant que je m'avise de me jeter dans les *sciences*. Je suis trop habile pour cela. Je laisse ces discours à M. Delambre, qui m'en a laissé d'autres dans l'éloge de notre ami, car il me semble qu'il a passé bien légèrement sur tout ce qu'on en peut dire de bon et de solide. Je ne dis tout ceci qu'à vous. Je ne désire même pas que l'on sache que c'est moi qui fais cet éloge; vous en comprendrez la raison quand vous y réfléchirez.

Rendre justice à ses amis,
A leur mérite, à leurs écrits,
Est le devoir d'une âme honnête.
Mais quand par mille sots ils se sont vus honnis,
En se nommant tout haut braver leurs ennemis,
Par là s'associer aux travers qu'on leur prête,
C'est, sans profit et sans nécessité,
Faire une action imprudente

Et moins servir la vérité
Que les desseins haineux d'une tourbe insolente.

Or, je me soucie peu de servir aux menus plaisirs de ces messieurs.

J'ai vu dans les journaux le compte que l'on a rendu de l'ouvrage de ce M. Bonnet dont vous me parlez. Je vous abandonne volontiers son opinion particulière; mais, quant au fond de la question, il me semble qu'il faut y réfléchir. Une censure sage qui arrêterait ce débordement de sottises, ces pamphlets qui compromettent souvent la réputation et la tranquillité, et qui s'attachent toujours au talent et au mérite, cette censure donc me paraîtrait un grand bienfait. Je ne puis croire d'ailleurs qu'elle nuirait aux ouvrages philosophiques et agréables. Comme ils ne font de mal à personne, tôt ou tard la sévérité, s'il y en avait, se relâcherait pour eux, et les honnêtes gens seraient au moins tranquilles. Mais cette opinion est peut-être la vôtre. Je parle au hasard n'ayant pas lu ce certain ouvrage, et ne voulant pas même le lire. Vous me dites à ce propos, et par une très-galante transition, des choses fort flatteuses; vous assurez que tout le monde voudrait porter ma *chaîne ;* mais *tout le monde* n'est pas si aimable que vous, du moins je ne voudrais pas en tenter l'épreuve. La nature m'a douée dans ce genre d'une grande modestie, ou peut-être d'un grand *orgueil*, car la crainte que j'ai d'être trompée m'a toujours fait douter de la vérité des tendres propos que l'on m'a tenus, et j'ai eu souvent occasion de voir que c'est le plus sûr.

Mon mari est fort sensible à votre souvenir, il est en effet avec ses plantes qu'il aime avec passion. J'ai eu aussi cette passion autrefois; mais mon esprit vif, et qui veut se prendre à tout, ne s'en est pas accommodé. J'aime la réciprocité par-dessus tout : or, ces plantes sont bien froides et muettes.

Voilà une lettre éternelle, une lettre de vraie campagnarde. Je n'ose vous demander une réponse proportionnée; mais courte ou longue, j'espère que bientôt vous m'en ferez une. Votre souvenir et vos lettres sont des bonnes fortunes pour nous.

A revoir, monsieur, portez-vous bien, et comptez sur mon amitié et mon estime sincère.

CONSTANCE DE SALM.

LETTRE XIX.

A MADAME DE FRÉVILLE.

Dyck, le 11 juin 1808.

Vous pensez donc, très-aimable dame, que c'est par coquetterie que je vous ai écrit une si courte lettre? Je ne m'en étais pas aperçue; mais j'en suis ravie; une personne qui a beaucoup d'expérience m'a assurée que, comme la coquetterie était un tribut qu'il fallait payer tôt ou tard, elle me viendrait à quarante ans, puisque je ne l'avais pas connue à vingt. Je vois que ceci en est un commencement. Il ne pouvait être plus innocent, et je m'applaudis d'avoir commencé si bien :

Coqueter, c'est chercher à plaire ;
Et quand je *coquette* avec vous
Je vous dévoile avec mystère
Un sentiment aimable et doux.
A ce transport involontaire
Vous devez vous intéresser ;
Rien ne peut être plus sincère
Que ce qu'on fait sans y penser.

Vous avez été malade : c'est la plus sotte chose du monde, non-seulement parce que l'on souffre, mais parce que l'esprit, et même l'âme, deviennent alors aussi mous et faibles que le corps. Je vois à votre style aimable et à votre gaieté que vous êtes rétablie. Je vous en fais mon sincère compliment ; moi, je vais très-bien et même mieux qu'à Paris, ce dont je suis presque fâchée, tant j'ai envie que tout aille mal pour moi quand je suis loin de mon cher pays, où je laisse de si bons amis. Je ne m'ennuie pas non plus autant que je le croyais. Comme je ne me promets aucun plaisir ici, la plus petite satisfaction me devient une joie, au lieu qu'à Paris où l'on croit toujours devoir être agréablement, on a sans cesse à décompter. Voilà comme tout se compense. Je dis *tout*, j'ai tort. Rien ne peut balancer le charme de la société des personnes aimables et instruites, de ces bons et vieux amis avec qui l'on peut tout dire sans crainte, même des sottises ; mais j'ai l'assurance de retrouver tout cela dans quelques mois, et j'ai dans ceux qui m'entourent tant de bons *à-compte* sur le bonheur le plus parfait, que je ne puis raisonnablement me plaindre de rien. Je vous remercie beaucoup des nouvelles que vous me donnez de toutes nos dames; je n'ai entendu parler d'aucune. Voulez-vous bien leur faire mes compliments quand vous les verrez? Rappelez-moi surtout au souvenir de madame Dufrénoy à qui je souhaite un prompt rétablissement; continuez aussi, je vous prie, à me donner des détails sur ce qui se passe dans ce cher pay , il me semble que cela m'y rattache; et quoi que les journaux puissent dire, vous direz toujours mieux, ne craignez point leur rivalité.

A revoir, très-belle dame, je vous quitte pour recevoir une compagnie qui m'arrive; car je ne suis pas tout à fait si abandonnée du ciel que vous pourriez le croire : il est vrai que les sociétés que j'ai ne sont pas toutes également agréables; mais

Du besoin que l'on a d'autrui
L'indulgence est toujours compagne ;
Et tel qu'à la ville on eût fui
Fait grand plaisir à la campagne.

Portez-vous bien, souvenez-vous des absents, parlez-en quelquefois, et comptez toujours sur leur sincère amitié.

Je parle en notre nom à tous.

CONSTANCE DE SALM.

LETTRE XX.

A M. GUDIN.

Alfter, le 14 septembre 1808.

Je vous écris, monsieur, d'un petit château où je suis depuis quelques jours. Cette habitation est aussi exiguë que celle de Dyck est immense. Comme j'ai un bon esprit, toutes les fois que j'en change, je trouve celle où j'arrive préférable à celle que je quitte; donc je me crois très-satisfaite en ce moment. Il faut avouer aussi qu'il y a de quoi. Nous sommes ici véritablement sur les bords du Rhin, placés à mi-côte. La vue que nous découvrons est admirable. Un immense bassin, bordé de chaque côté par de hautes et riches montagnes, des villes, des villages, des maisons bien bâties, Cologne à quatre lieues, Bonn à une lieue, le pays de Berg en perspective, enfin tout cela est enchanteur. Ce beau Rhin que j'ai suivi pendant six lieues en venant me ravissait. Je ne pouvais me lasser de le regarder. Notre Seine est une petite morveuse bien maigre en comparaison. Autant que nous pouvions en juger, nous le trouvions cinq fois plus large qu'elle. Je l'ai traversé à Bonn, pour aller dans un château qui appartient aussi à mon mari, sur l'autre rive. Nous étions sur un pont volant, voitures, chevaux et gens. Je n'étais pas bien sûre de n'avoir pas peur; mais il ne nous est, Dieu merci, arrivé aucun accident. Vous parlerai-je du château de *Bruhl*? oui, c'est la merveille du pays. L'électeur qui était à Bonn en avait fait sa maison de campagne. Ce château est vraiment royal. L'escalier attire un grand nombre de curieux. Il est comme suspendu, et si soigné, si enrichi de dorures, de sculptures, de peintures, qu'il a l'air d'un boudoir; pourtant ses dimensions sont vastes et nobles; trop même, car les appartements, tout beaux qu'ils soient, se trouvent en disproportion avec cet excès de magnificence dont nos escaliers *royaux ou impériaux* ne donnent pas encore bien l'idée. Nous nous sommes promenés dans le parc, qui est immense. Mais ce château sans glaces, sans meubles, sans tapisseries, sans maîtres, ces promenades sans promeneurs, laissent dans l'âme une grande impression de tristesse, dont on a peine à se défendre. La magnificence seule m'a toujours fait cet effet, à plus forte raison la magnificence abandonnée. Je ne puis croire que ce beau château reste toujours inhabité, il convient à un prince souverain. La Légion d'honneur en est en possession dans ce moment; mais ses bureaux n'en occupent pas la 30e partie. Ce n'est pas sans plaisir qu'en sortant de cette belle solitude je me suis vue dans mon petit château; la vue en est aussi beaucoup plus belle, l'autre étant dans la plaine. Mais je ne vous ai pas encore parlé de la grande merveille du pays, des sept montagnes qui le couronnent, et qui ne sont pas pourtant ce qui m'en plaît le plus; or, sachez que

Je vois d'ici sur l'horizon

Sept montagnes hautes et bleues
Qui, bien qu'à trois ou quatre lieues,
Semblent toucher à la maison.
Le Rhin, majestueux et grave,
Arrose leurs pieds tortueux.
Sur elles, des arbres ombreux,
Au ciel s'élevant sans entrave,
Semblent enchanter ces beaux lieux.
Partout, dans ces vastes campagnes,
On voit, on vante ces montagnes
Qui menacent le firmament.
Mais je vous l'avoûrai pourtant,
Comme malgré leur bonne grâce,
Que je ne nie aucunement,
Elles ne changent pas de place,
Leur immobile aspect me glace
Sur leur beauté qu'on prône tant.

Les sept montagnes ont un autre genre de célébrite : on voit sur la plus haute (qui s'appelle la montagne du Dragon ou Drachenfels) les restes d'un château qu'habitait jadis un chevalier sans peur et sans reproche, nommé *Siffroi le cornu*, qui avait vaincu je ne sais quel dragon, et qui s'était frotté de sa graisse, d'où il était advenu qu'il était invulnérable, mais aussi qu'il lui était poussé deux cornes semblables à celles de ce dragon. On a ici un beau récit de cette histoire qui est dans les mains de tous les enfants; je m'amuse à la mettre en vers. Voilà, monsieur, tout ce que je peux vous dire de beau sur ce cher pays, qui est d'ailleurs bien plus agréable que celui que j'habite ordinairement, et qui en est à quinze lieues. Il y a ici beaucoup de société, et *sociale*, ce qui n'est pas ordinaire en Allemagne. Le voisinage de Cologne et de Bonn, où étaient deux petites cours, a répandu l'urbanité dans la contrée. *On s'y cherche, on s'y voit, sans façon et sans morgue.* J'ai eu aussi le bonheur d'y trouver M. et madame Reinhart, qui est, je crois, de l'Institut (le mari s'entend); c'est un homme solidement instruit. La femme joint les mêmes avantages à toutes les grâces des femmes aimables. Je leur ai donné un dîner de campagne qui ressemblait à nos dîners de Paris; j'en ai été toute reconfortée. Quoique l'immensité de l'établissement de Dyck nous y attire nécessairement, je veux venir les étés passer deux ou trois mois ici. Cela m'adoucira beaucoup l'ennui que je ne puis m'empêcher de trouver à la campagne, malgré toutes les belles choses qu'on dit à ce sujet, et les jolies choses que vous en dites; mais je n'ai pas ici vos lettres, je n'y répondrai qu'à Dyck, où j'emporte celle-ci toute commencée. En attendant, portez-vous bien et aimez-nous.

(Le 17 septembre.) Me revoilà, monsieur et ami, dans mon grand château de Dyck où je retrouve, non sans plaisir, mon cabinet, mes papiers, mes livres et surtout vos lettres. Je relis les dernières, et je vois de très-jolis vers et très-bien pensés, en réponse à ceux que je vous avais adressés sur *les chevaliers du temps passé.* Vous croyez donc qu'un homme de lettres un peu épicurien est le seul sage? Non, je ne puis croire, moi, que cela soit tout à fait vrai. Vous en jugez suivant vos goûts. Je me rappelle ce que j'ai dit autrefois en parlant du bonheur :

Le sage le trouve en son cœur,
Le guerrier dans le bruit des armes ;
L'amant le doit au sentiment,
La jeune fille à sa parure ;
Il est partout pour l'âme pure, etc.

Chacun est heureux suivant son esprit, ses habitudes et même son tempérament ; mais vos vers sur ce sujet n'en sont pas moins très-bons. L'allégorie aimable de votre seconde lettre renferme aussi beaucoup de jolies choses ; mais *nego majorem* ; je veux bien les trouver charmantes, mais non en être l'objet. *L'esprit et la beauté*, si toutefois je les ai, ne me font pas du tout l'effet que vous pensez.

Ah ! que vous jugez mal mon esprit et mes goûts,
Quand vous croyez qu'il m'est doux de paraître.
Les sentiments que j'aime à faire naître
Pour mes amis, pour moi sont bien plus doux
Qu'un éclat séduisant peut-être,
Mais que ternit toujours le sot et le jaloux !
Je ne sais si le sort voulut me faire belle ;
Mais si je plais, c'en est assez pour moi.
Si parfois d'un beau trait mon esprit étincelle,
Moi-même je ne sais ni comment ni pourquoi.
Sans calcul, sans orgueil et sans coquetterie,
Je suis heureuse et calme au sein de l'amitié ;
Mais mon âme trop vive aisément est flétrie ;
Chacun de mes plaisirs à tous semble lié,
Et je ne vis plus qu'à moitié,

Quand il manque un seul bien au bonheur de ma vie.
Cherchez dans ce défaut (ou dans cette vertu)
La source des regrets que je n'ai pu vous taire :
Songez que les coteaux, les bois et la fougère
Ne valent pas le lieu que toujours on a vu ;
Et lorsque je me plains d'être ici solitaire,
Si vous trouvez encor mon chagrin superflu,
Ne me soupçonnez pas de désirer de plaire,
Mais d'aimer trop ce qui m'a plu.

Je pourrais ajouter à tout cela beaucoup de belles et bonnes raisons sur la différence de la campagne à la solitude absolue, d'une maison près Paris à un château près de l'Allemagne; mais je n'aime pas à épuiser les sujets, et cette lettre est déjà bien longue, surtout bien mal écrite. Mon imagination emporte ma main; quand je veux *bien écrire*, je ne dis que des bêtises. Tâchez donc, monsieur, de me lire si vous le pouvez.

Continuez, je vous prie, à me donner des nouvelles, de jolis vers, de bonne prose, et de solides raisonnements. Je vous réciproquerai de mon mieux; mais n'allez pas prendre trop de goût à mes lettres; vous seriez peut-être fâché alors de me voir arriver à Paris. Je compte y être au plus tard le 15 octobre. D'ici là, vous pouvez encore m'écrire de bien jolies choses. Je ne réponds pas très-exactement, mais que cela ne vous arrête pas, rien n'est perdu avec moi; cette lettre d'ailleurs doit au moins compter pour trois.

J'ai enfin des nouvelles de Langlès ; je lui ai tout pardonné.

L'éloge de notre ami n'est pas encore fini. Je l'ai laissé en Italie lorsque j'ai été sur les bords du Rhin ; et puis les vers m'emportent sans cesse; mais l'amitié me ramènera pourtant à cette triste prose qui me glace plus que je ne puis le dire.

Mille amitiés et assurances d'estime, comme poëte, comme ami et comme homme.

CONSTANCE DE SALM.

LETTRE XXI.

A MADAME LA PRINCESSE DE SALM.

Paris, le 2 octobre 1808.

Très-aimable voisine,

Vous avez donc fait une épître *sur le séjour de la campagne !* je ne doute pas qu'elle ne soit fort belle, et ce sera avec le plus grand plaisir que je mettrai vos deux cents vers dans mon magasin encyclopédique. Je garderai le secret jusqu'à la publication pour que personne n'aille sur *mes brisées*. Ainsi vous pouvez expédier le paquet ; le plus tôt sera le mieux, si vous voulez paraître vite.

Il n'y a rien de nouveau parmi nos amis communs; tout va comme par le passé, et moi je suis le plus affairé des hommes, travaillant le matin et courant le soir. J'espère que vous arriverez bientôt pour jouir du succès de votre épître, et moi je serai tout *gonflé* du titre d'éditeur.

Je vous prie de renouveler à monsieur de Salm les assurances de mon amitié, et d'être persuadée de tout le prix que j'attache à la vôtre.

Recevez l'hommage de mon attachement respectueux.

A. L. Millin.

LETTRE XXII.

A MADAME LA PRINCESSE DE SALM.

Paris, ce 15 mars 1809.

Madame et honorable amie, je vous renvoie votre album, cette fois-ci, sans y avoir rien ajouté. Vous me faites observer que les vers de même mesure doivent être alignés; je le sais; mais je dois vous dire que dans le cas présent, et à cause de la place qu'ils occupent, cet alignement de vers inégaux, non pas en mesure, mais en étendue réelle, romprait l'harmonie pour l'œil : c'est pourquoi je n'ai rien voulu tracer définitivement sans un second avis de votre part. Si vous tenez à votre opinion malgré mon observation, je ferai comme vous le désirez. Je n'ai point travaillé hier soir pour vous; j'ai bien travaillé à cause de vous, car j'ai passé toute la soirée à ne pas pouvoir déchiffrer votre lettre. Enfin, j'ai deviné à la volée les quatre mots qui renferment votre observation;

mais l'huile de ma lampe s'y est usée. En vérité, vous abusez de la liberté qu'ont les femmes d'esprit d'écrire d'une manière, c'est-à-dire, avec des caractères illisibles. Il est vrai qu'à cause de cela même vous devriez griffonner encore davantage; mais il faut avoir un peu de pitié pour vos amis. Voilà le seul cas où la conversation languit avec vous, et, ce qu'on ne croirait pas sans cela, c'est que c'est votre faute. J'attends vos nouveaux ordres, et, malgré la symétrie de l'œil, j'écrirai les vers comme vous voulez.

Recevez, comme je le désire, mes hommages d'attachement et de respect inviolable.

GIRODET.

LETTRE XXIII.

A M. GIRODET.

Ce 16 mars 1809.

Je reçois à l'instant votre lettre, monsieur et ancien ami, et je m'empresse de vous renvoyer mon album et de vous redire que vos vers, qui sont tous alexandrins, doivent absolument être écrits comme je vous l'ai expliqué. Cette espèce d'alignement, qui vous paraît rompre *l'harmonie pour l'œil*, est, je le répète, une obligation *absolue* quand les vers sont de même mesure; toute autre manière de les écrire serait, sinon critiquée, au moins remarquée, et je veux qu'on n'ait que des éloges à donner à la page si belle dont vous enrichissez mon album.

Quant à ma mauvaise écriture, je me reprocherais fort, je vous l'assure, le temps qu'elle vous a fait perdre, s'il était en mon pouvoir de mieux faire; mais quand j'écris, ma pensée emporte sans cesse ma plume, et quand je pense à mieux écrire il me semble que je ne sais plus ce que je dis ni ce que je veux dire.

Ne tardez pas à venir, je vous prie, et à me rapporter l'album. Nos amis, à qui j'ai parlé de votre belle Sapho, sont pressés de la voir et de l'admirer.

A bientôt donc. Mille nouvelles assurances de ma bien sincère amitié. CONSTANCE DE SALM.

LETTRE XXIV.

A MADAME LA PRINCESSE DE SALM

Paris, le 2 avril 1809.

Madame,

Il m'est infiniment agréable d'être chargé par l'Athénée des arts de vous rappeler que vous avez bien voulu lui promettre un Éloge de M. de Lalande. La prochaine séance publique devant avoir lieu le 24 de ce mois, l'Athénée serait flatté qu'elle fût embellie par la lecture de cet Éloge. Il attend, madame, votre réponse à cet égard. En mon particulier, je saisis avec empressement cette occasion de vous assurer des sentiments respectueux avec lesquels j'ai l'honneur d'être, madame, votre très-humble et très-obéissant serviteur,

LEMAZURIER, *ex-secrétaire*.

LETTRE XXV.

A M. LE SECRÉTAIRE DE L'ATHÉNÉE DES ARTS.

Paris, le 3 avril 1809.

Depuis quelque temps, monsieur, j'ai été si occupée d'un ouvrage que je vais faire paraître, que je n'ai pu achever mon Éloge de Lalande; mais je pars à l'instant pour la campagne où je vais le terminer, et dans quinze jours au plus tard je l'enverrai à un de mes amis (M. Pugnet), qui, dès qu'il l'aura reçu, s'empressera de vous en prévenir.

Ce sera M. Feuillet, bibliothécaire de l'Institut, qui, en mon absence, lira cet éloge. Lorsque la séance publique devra avoir lieu, je vous prierai de vouloir bien le lui faire savoir.

Recevez, monsieur, l'assurance, etc.

CONSTANCE DE SALM.

LETTRE XXVI.

A MADAME LA PRINCESSE DE SALM.

Paris, ce 22 juin 1809.

Madame,

Je viens de remettre à M. Pugnet le manuscrit de l'Éloge de Lalande, qu'il m'avait confié, conformément à vos intentions. Cet Éloge a été lu, dimanche dernier, dans une séance publique, et probablement je me suis acquitté de ma commission un peu moins mal que je ne le craignais, puisqu'il a été généralement apprécié ce qu'il vaut, puisqu'on l'a jugé un très-bon ouvrage, bien ordonné, bien pensé, bien écrit. L'effet qu'il a produit est précisément celui qui garantit le mieux le mérite d'une composition de ce genre et de cette étendue. La lecture a été écoutée avec une attention toujours égale, toujours soutenue; elle s'est terminée au milieu des plus vifs applaudissements ; qu'aurait-ce été, si ce digne hommage du talent et de l'amitié n'eût pas été confié à une voix étrangère? Je dois vous avouer, madame, que le voile de l'anonyme dont vous avez voulu vous couvrir n'a pu vous dérober longtemps aux regards du public ; et c'est un peu votre faute. La délicatesse et la grâce qui règnent dans votre Éloge ne trahiraient déjà que trop le sexe de l'auteur. Une plume exercée, guidée par une raison supérieure, un talent flexible et toujours naturel , un style élégant et facile , des pensées justes, des expressions heureuses, des sentiments nobles , vrais et touchants , voilà ce qui achève de vous faire connaître.

Quant à moi, madame, il ne me reste plus qu'à invoquer une indulgence que du moins j'ai méritée par mon zèle, et à vous prier d'agréer de nouveau l'hommage des sentiments respectueux avec lesquels j'ai l'honneur d'être,

Madame,

Votre très-humble et très-obéissant serviteur,

FEUILLET.

LETTRE XXVII.

A M. FEUILLET.

Dyck, ce 30 juin 1809.

J'ai appris avec bien du plaisir, monsieur, le succès de mon Éloge de Lalande. Permettez que je vous en attribue une partie; la manière dont un ouvrage est lu est certainement ce qui décide de la réussite dans une séance publique, et M. Ponce m'a écrit que vous aviez *lu avec une perfection rare*; ce sont ses expressions. J'en étais bien sûre d'avance, quoique votre extrême modestie eût pu m'alarmer; mais j'ai compris que c'était en vous un mérite de plus.

Je ne puis en vouloir à mes amis de m'avoir laissé deviner: l'anonyme n'entre pas beaucoup dans ma manière de voir; mais j'avais, dans cette occasion, mille petites craintes relatives à mon sujet, et le succès les fait évanouir en partie. Ce succès me détermine aussi à laisser imprimer mon ouvrage tout entier dans le rapport de la séance, comme M. Ponce me l'avait demandé d'abord. Tout ce que je puis désirer pour moi et Lalande, est la publicité, et je commencerai à l'obtenir par ce moyen, sans que cela nuise au projet que j'ai de faire imprimer mon Éloge à part, avec des notes tirées des propres mémoires de Lalande.

Que je vous dise maintenant mes faiblesses d'auteur. Une suite de méchants hasards a fait qu'au lieu de recevoir des nouvelles le cinquième jour, je n'en ai eu que le dixième; ces cinq jours d'attente m'ont paru cinq siècles, et j'avais fini par croire que les diverses inimitiés qu'on portait à Lalande nous avaient attiré quelques désagréments qu'on n'osait m'écrire: voilà le danger des grandes distances; elles font déraisonner la moitié du temps.

Recevez, monsieur, avec mes nouveaux remercîments, les assurances les plus sincères, etc.

CONSTANCE DE SALM.

LETTRE XXVIII.

A M. PONCE.

Dyck, le 30 juin 1809.

J'ai lu avec le plus grand plaisir, monsieur et ami, la lettre que vous m'avez écrite relativement à la lecture de mon Éloge de Lalande. Quoique j'espérasse le succès, je suis ravie d'en être sûre. Je vois que M. Feuillet a lu parfaitement, et je ne doute pas que cela n'ait beaucoup contribué aux applaudissements que je pouvais mériter. Je lui écris pour le remercier. Permettez que je vous remercie aussi du zèle que vous avez mis à m'obliger dans toutes ces circonstances. Je me trouve bien heureuse d'avoir de si bons amis, et je suis persuadée que ceux que j'ai dans l'Athénée ont aussi beaucoup contribué à l'heureuse réussite de mon ouvrage.

Toutes réflexions faites, je me décide à faire imprimer l'Éloge tout entier dans le procès-verbal de la séance, si vous n'y voyez point d'obstacle, et je vais dans cette intention m'occuper à le revoir avec soin. Ce sera l'affaire de quelques jours, après lesquels je prierai l'ami à qui je l'ai confié à Paris de vous le remettre lorsque vous le lui demanderez. Je lui enverrai d'ici là quelques corrections qu'il fera sur le manuscrit, et je vous préviendrai du moment où vous pourrez le retirer de ses mains. Tout cela ne peut être long. S'il est dans l'ordre des choses possibles que j'aie une épreuve après qu'elle aura été revue, cela me ferait grand plaisir.

Excusez tous ces embarras, monsieur.

Mille compliments, etc.

CONSTANCE DE SALM.

LETTRE XXIX.

A M. GUDIN.

Dyck, le 29 août 1809.

Je suis vraiment bien fâchée, monsieur et ami, de ne vous avoir pas eu pour auditeur. L'Éloge de votre ami, fait par moi, aurait eu pour vous un double intérêt, et j'aurais eu beaucoup de droits à votre indulgence; mais je vous le donnerai à mon arrivée à Paris. Vous avez bien fait de gronder tout le monde; mais le hasard était aussi coupable, car il a voulu justement que l'ami à qui j'avais donné *ma liste* perdît ce jour-là un de ses parents, ce qui ne lui a pas permis de s'occuper de billets ni de lecture. Cependant Feuillet et Langlès, et même Cailly, auraient pu le suppléer; mais les absents ont tort!...

Ah! que vous avez bien raison
De les trouver tous trois coupables!
Langlès surtout est un fripon
Qui rit des choses respectables;
Mais je saurai tromper ses vœux et son espoir,
Pour le punir de son indifférence.
Quand je retournerai dans votre ville immense,
Je veux être souvent deux grands jours sans le voir,
Pour lui faire sentir ce que c'est que l'absence.

Rendons-leur pourtant justice, ils n'avaient aucun la fonction *positive* d'envoyer des billets à mes amis, et je n'en avais chargé que la personne dont je viens de vous parler.

Je vois que vous continuez à vous occuper de l'*histoire* : vous êtes, dites-vous, vous et vos confrères, des *compilateurs*, je vous arrête ici :

Lorsque de maint héros vous tracez les victoires,
Lorsque vous étendez vos travaux méritoires
Sur leurs goûts, leurs vertus, sur leur moindre défaut,
Quoique partout prenant ce qu'il vous faut,
Compilateurs n'est pas le mot,
Mais bien plutôt *faiseurs d'histoires*.

Je parierais que sans en convenir tout à fait, vous êtes bien un peu de mon avis.

Je travaille aussi toujours à des *épîtres morales*,

c'est mon goût, ma passion; je viens d'en finir une adressée à un vieillard mécontent de vieillir, qui veut toujours agir comme à vingt ans. Je crois lui montrer assez bien qu'il est des goûts et des plaisirs pour tous les âges, sans qu'il soit besoin qu'ils empiètent l'un sur l'autre. J'entre en matière en le consolant de ce qu'il vieillit. Il faut que je vous copie quelques-uns de ces vers. Après la première tirade qui expose le sujet, et qui finit ainsi :

Et dans cet abandon où tôt ou tard nous sommes,
Vois un pouvoir plus grand que le pouvoir des hommes,

J'ajoute :

Ici-bas, cher Damon, tout doit avoir son cours;
Chacun brille un instant, nul ne brille toujours
Le destin éternel, qui seul est immuable,
Pour l'homme passager ne fait rien de durable.
Le talent, le mérite, ainsi que la beauté,
Par le moment qui passe est sans cesse emporté;
Et la gloire des grands, des héros et des sages
Même s'abîmera dans l'océan des âges.
Lorsque tout naît et meurt, pourquoi t'étonnes-tu
Que ton antique éclat soit parfois méconnu?
Seul, arrêteras-tu cette chaîne infinie?
Veux-tu vivre deux fois dans une simple vie? etc.

Je compte partir dans les premiers jours d'octobre; je me fais une véritable fête de revoir mes amis, je ne puis m'accoutumer à leur absence.

A revoir donc, monsieur et ami; portez-vous bien, et comptez sur notre véritable estime.

CONSTANCE DE SALM.

LETTRE XXX.

A MADAME LA PRINCESSE DE SALM.

Florence, le 20 mars 1810.

Madame, vous recevrez avec ce billet une brochure où il y a quelques pages de ma façon, façon de traducteur s'entend. C'est un roman (comme Oronte dit : C'est un sonnet), non pas nouveau, mais au contraire fort antique et vénérable. J'en ai déterré un morceau qui s'était perdu. C'est ce que j'ai traduit, et, par occasion, j'ai corrigé la vieille version qui, comme vous verrez, *dans son vieux style encore a des grâces nouvelles*. Si cela vous amuse, ne faites aucun scrupule, pour quelques traits un peu naïfs, d'en continuer la lecture. Amyot, évêque et l'un des pères du concile de Trente, est le véritable auteur de cette traduction, que j'ai seulement complétée; vous ne sauriez pécher en lisant ce qu'il a écrit.

Je vous supplie, madame, de vous rappeler quelquefois qu'il y a delà les monts un Grec qui vous honore (pour ne rien dire de plus); et si vous êtes paresseuse, comme je le crois, ne vous déplaise, ordonnez à M. Clavier de me donner de vos nouvelles.

Je suis avec respect, madame, votre très-humble et très-obéissant serviteur,

COURIER.

LETTRE XXXI.

A MADAME LA PRINCESSE DE SALM.

10 avril 1810.

Madame, j'ose me flatter que vous m'excuserez si j'ai été assez hardi pour dessiner quelque chose après les Girodet, les Vernet, et tant d'autres dessinateurs habiles, dont les productions embellissent votre album. Vous me pardonnerez également ce que j'ai tracé; mais les Chinois, qui ont une très-grande politesse envers les hommes, sont infiniment maladroits à faire des compliments aux dames, par la bonne raison qu'ils ne les fréquentent point. Je compte donc, madame, sur votre indulgence, et que vous ne verrez en moi qu'un véritable Chinois.

Je suis avec respect,

Madame,

Votre très-humble et très-obéissant serviteur,

De Guignes.

LETTRE XXXII.

A M. GUDIN.

13 mai 1810.

Mon Éloge de Lalande est enfin imprimé, monsieur et ami, et je me hâte de vous en envoyer un exemplaire.

Si votre santé vous permet de sortir, ne tardez pas à venir me voir, car le temps s'avance et la campagne me menace déjà.

Mille et mille amitiés des plus sincères.

CONSTANCE DE SALM.

LETTRE XXXIII.

A MADAME LA PRINCESSE DE SALM.

Paris, le 16 mai 1810.

Je ne vous dirai point, madame, que j'ai lu et relu votre Éloge de Lalande avec un grand plaisir, car c'est ce que tout le monde vous aura dit; mais je vous dirai qu'on ne pouvait donner avec plus de goût, de grâce et de précision, une idée plus juste du caractère, des connaissances et des vertus de notre ami. On ne pouvait mieux peindre son activité, son ardent amour de la célébrité qu'il avait sagement fondé sur la justice et sur les intérêts de l'humanité.

La distribution de votre ouvrage m'a paru parfaite. Le goût vous a fait rejeter dans les notes plusieurs anecdotes que beaucoup d'orateurs auraient insérées dans le corps même de l'Éloge. Vous avez omis, par d'excellentes raisons, la visite que ce grand astronome a faite dans Paris à Pie VII, l'accueil qu'il en reçut, la commission dont ce pontife, ami des sciences, le chargea. Vous avez fait, et toujours par d'excellentes raisons, d'autres omissions. Par exemple :

Dans ce discours très-éloquent,
Fait pour nous instruire et nous plaire,
Vous avez omis prudemment
Cette visite singulière
Où Lalande a prêté son bras
Pour affermir les derniers pas
D'un archevêque octogénaire ;
Et la reprise ferme et fière
Qu'il fit à la malignité
Qui témoignait quelque surprise
En voyant l'incrédulité
Prêter son soutien à l'Église.
Je vous en loue assurément ;
En peignant ce grand caractère
Sans cesse actif et bienfaisant,
Vous n'omettez rien d'important,
Et vous passez habilement
Sur ce qu'il vous a fallu taire,
Non pour toujours, mais pour l'instant.

Secrets d'un jour, petits mystères
Qu'exige le moment qui fuit
Et que le lendemain détruit,
En vain l'on vous croit nécessaires ;
Hélas ! vous ne subsistez guères !
Le temps toujours nous en instruit.

D'autres, madame, vous adresseront au sujet de l'Éloge de notre ami de meilleurs vers que les miens ; mais ils ne vous diront pas ce que ceux-ci contiennent ; je puis dire, comme Boileau, *que mon vers, bien ou mal, dit toujours quelque chose.*

Je vous fais encore mon compliment sur votre Éloge.

qui est véritablement un excellent ouvrage ; il donne à tous vos amis le désir de mourir longtemps avant vous, et de vous avoir pour panégyriste ; mais c'est un honneur dont peu de gens sont dignes.

Recevez, madame, les assurances, etc., etc.

P. Ph. Gudin.

P. S. Vous parlez si bien dans votre ouvrage de mon excellent ami, M. Dupont de Nemours, qui est pourtant, comme moi, un enfant de Paris, malgré son surnom, que j'oserai vous prier de mettre à part pour lui un petit exemplaire de votre Éloge que je lui remettrai en votre nom.

LETTRE XXXIV.

A MADAME LA PRINCESSE DE SALM.

INSTITUT DE FRANCE,
CLASSE DES SCIENCES PHYSIQUES ET MATHÉMATIQUES.

Paris, le 21 mai 1810.

Le secrétaire perpétuel pour les sciences mathématiques.

Madame,

J'ai reçu lundi dernier, pendant la séance, les soixante-douze exemplaires de l'Éloge de M. Lalande, que vous m'avez fait l'honneur de m'adresser. Mes fonctions de secrétaire m'ont empêché de vous en témoigner à l'instant même toute ma reconnaissance, et celle de la classe tout entière : mais vos intentions ont été fidèlement remplies. La distribution a été faite aux membres présents et aux étrangers de distinction qui se trouvaient à la séance, il m'est resté quelques exemplaires que j'ai remis de votre part à de jeunes savants, amis de Lalande, et qui ne sont pas encore de l'Institut.

L'Éloge d'un savant aussi distingué, offert à une société de géomètres et de physiciens par une dame dont les poésies vivent dans la mémoire de tous les littérateurs, ne pouvait manquer d'intéresser vivement d'anciens confrères, et j'ai vu qu'en effet ils étaient bien plus occupés d'une lecture qui avait tant de droits à leur attention, que des mémoires qui leur étaient présentés ce jour-là. Moi seul j'ai dû contenir mon empressement, tant que j'ai dû lire à haute voix ce qu'on écoutait si peu. Cependant, avant de rentrer chez moi, j'avais déjà dévoré l'Éloge entier. Je l'ai relu depuis plusieurs fois avec plus de loisir. C'est alors que j'ai senti tout le prix de la complaisance avec laquelle vous avez attendu que j'eusse payé à notre illustre ami le tribut que je lui devais au nom du corps qu'il avait honoré. La concurrence eût été trop redoutable pour moi, si j'avais eu à revenir sur les mêmes faits et les mêmes travaux. Il est vrai qu'en parlant au sein de l'Institut et en son nom, je pouvais m'étendre davantage sur la partie astronomique.

J'ai tâché, dans une revue rapide, d'apprécier justement les ouvrages de mon maître. Sans passer la mesure, et sans dissimuler quelques taches, j'ai dû le venger des dédains affectés de quelques juges malveillants; j'ai pu montrer quel a été le caractère particulier de M. Lalande entre les astronomes célèbres auxquels il sera associé par la postérité. Vous étiez dispensée de ce soin, vous avez pu vous attacher plus particulièrement au caractère moral, et, sous votre plume, cette partie de l'Éloge était sûre d'obtenir la préférence sur ce que je n'ai pu qu'ébaucher.

Daignez donc recevoir mes félicitations sur la manière dont vous avez complété l'ouvrage. Ce sera pour moi assez de gloire, si les amis de Lalande, pour avoir de lui un portrait tout à fait ressemblant, croient devoir mettre ma notice à la suite de votre discours.

Je suis, etc.

DELAMBRE.

LETTRE XXXV.

AU PRINCE PRIMAT.

Dyck, ce 18 octobre 1810.

Prince,

Une longue maladie, dont je suis à peine rétablie, m'a empêchée de vous envoyer plus tôt le petit ouvrage dont je vous ai parlé. Je le joins à cette lettre. J'ai beaucoup connu Lalande, dont je suis aujourd'hui le panégyriste, et j'avais pour lui une véritable estime. La manie qu'il avait, sur la fin de ses jours, de répéter sans cesse qu'il était athée, lui avait suscité une foule d'ennemis ; mais j'ai eu occasion de me convaincre que c'était le désir de faire parler de lui qui seul l'avait conduit à mettre en avant cette opinion extraordinaire dont il s'est repenti plus d'une fois, quoiqu'il se soit cru obligé de la soutenir par un faux calcul de vanité. Je passe légèrement, dans son éloge, sur cet article délicat ; mais j'en dirai quelques mots de plus dans une édition que je prépare, n'ayant pas jugé à propos de rendre celle-ci tout à fait publique, pour ne pas associer, dans le premier moment, mon nom à celui de Lalande, si sa mort ne désarmait pas encore cette grossière inimitié dont il a été si longtemps l'objet.

L'ardente et vive calomnie
Peut se présenter hardiment,
Elle est sûre d'être accueillie ;
Mais on reçoit différemment
La vérité qui justifie
L'objet de la plaisanterie
D'un vulgaire trop ignorant.
Le mérite que l'on admire
A l'homme semble embarrassant ;
Il se ranime à la satire,
Pour l'éloge il est languissant.
Enfin, quoique l'on puisse faire,
On n'est bien assuré de plaire
Qu'en paraissant un peu méchant :
Et trop souvent l'on doit se dire
Que si sans crainte l'on peut nuire,
On n'est pas juste impunément.

Recevez, prince, etc. CONSTANCE DE SALM.

LETTRE XXXVI.

A MADAME LA PRINCESSE DE SALM.

Hanau, ce 26 octobre 1810.

Madame la princesse,

La profondeur des sentiments et la force de la raison caractérisent le cœur et le génie de la princesse de Salm. Il était digne d'elle de répandre des fleurs sur la tombe de son ami, de l'infatigable propagateur de la science d'Uranie, de l'auteur du système complet d'astronomie, de l'homme bienfaisant dans ses œuvres quoique affichant par une impardonnable vanité l'hypocrisie de la plus funeste erreur! Votre muse fut constamment l'organe de la sagesse et de la vérité; c'est avec empressement que je lirai la nouvelle édition de votre ouvrage dès qu'elle paraîtra.

Tout en rendant justice aux excellentes qualités de votre ami, votre génie peindra les dangers de la fausse gloire, de cette insatiable et vaine avidité d'éloges que l'erreur prodigue à ses victimes.

Veuillez agréer les sentiments respectueux que vous avez inspirés, madame la princesse, à votre très-humble et dévoué

CHARLES DALBERG,
Prince primat.

www.ingramcontent.com/pod-product-compliance
Ingram Content Group UK Ltd.
Pitfield, Milton Keynes, MK11 3LW, UK
UKHW021655260726
13994UKWH00003B/1461